动物绝对不应该穿衣服

[美]茱蒂·巴瑞特／文　[美]罗恩·巴瑞特／图

沙永玲／译

上海人民美术出版社

图书在版编目（CIP）数据

动物绝对不应该穿衣服／[美]茱蒂·巴瑞特文；[美]罗恩·巴瑞特图；沙永玲译. —上海：上海人民美术出版社，2007
（海豚绘本花园系列）
ISBN 978-7-5322-5477-4

Ⅰ.动… Ⅱ.①茱…②罗…③沙… Ⅲ.动物—儿童读物 Ⅳ.Q95—49

中国版本图书馆CIP数据核字(2007)第185574号
著作权合同登记号：图字17-2007-053

动物绝对不应该穿衣服

[美]茱蒂·巴瑞特／文　[美]罗恩·巴瑞特／图
沙永玲／译　责任编辑／乐明祥　安　宁
美术编辑／王　睿　装帧设计／黄　淳
出版发行／上海人民美术出版社　经销／全国新华书店
印刷／恒美印务（广州）有限公司（1104281）
开本／787×1092　1/12　3印张
版次／2011年5月第1版第2次印刷
书号／ISBN 978-7-5322-5477-4
定价／28.00元

策划／海豚传媒股份有限公司
网址／www.dolphinmedia.cn　邮箱／dolphinmedia@vip.163.com
咨询热线／027-87398305　销售热线／027-87396822
海豚传媒常年法律顾问／湖北立丰律师事务所　王清博士　邮箱／wangq007_65@sina.com

Animals should definitely not wear clothing

Chinese language copyright ©2008 by Dolphin Media Hubei Co, Ltd.,
Text copyright ©1970 by Judi Barrett
Illustrations copyright ©1970 by Ron Barrett
Published by arrangement with Atheneum Books For Young Readers,
An imprint of Simon & Schuster Children's Publishing Division
All rights reserved.
本书经美国Simon & Schuster出版社授权，由上海人民美术出版社独家出版发行。
版权所有，侵权必究。

动物，
绝对不应该
穿衣服……

因为，
对一只豪猪来说，
穿衣服，
是个大灾难。

因为，
一头骆驼
或许
在不该打扮的地方，
乱打扮。

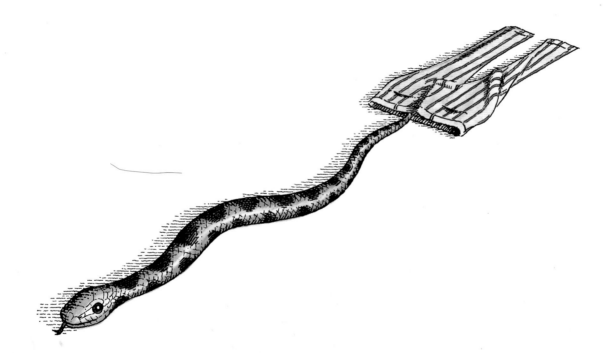

因为，

一条蛇

会穿不上裤子。

因为，
一只老鼠
会在衣帽中迷路。

因为，
一只绵羊
穿上衣服，
恐怕会感觉很热。

因为，
一头猪
可能会把衣服
搞得脏兮兮的。

因为，

母鸡穿上衣服，

日子可就不好过了。

因为，

一只袋鼠

会觉得穿衣服

挺没必要的。

因为，
一只长颈鹿
穿戴整齐，
会显得很傻气。

因为，
一只山羊
会把衣服当午餐，
吃掉它！

因为，
一头海象
穿上衣服，
总是湿答答的。

因为，
一只麋鹿
总是搞不定
背带裤。

因为，
小负鼠
一不小心，
就会把衣服穿反了。

最最重要的是，
因为，
万一撞衫的话，
大家会非常尴尬。

茱蒂·巴瑞特，一边为小朋友写书，一边为孩子上艺术课。

罗恩·巴瑞特，白天在一家纽约的广告公司当艺术总监，晚上为茱蒂所写的书绘制插画。

《动物绝对不应该穿衣服》是他们的第二本书。第一本书是《老麦先生有幢公寓》。

他们夫妻俩都坚信，动物绝对不应该穿衣服，除非在零度以下的严寒日子，一只狗才可以穿上防寒外套。

当初他们就是在雪地画下草稿的哦。

是谁出了这么一个馊主意呢？

儿童文学作家、绘本研究专家　彭懿

　　有一天，像开化装舞会似的，动物们全都被迫穿上了奇形怪状的衣服，这下它们可遭殃了——你看，绵羊本来就长了一身长毛，偏偏又让它穿上那么一件又厚又臃肿的毛衣，热得它都快要中暑晕倒了；老鼠被扣在一顶饰满了花和水果的帽子下，对它来说，那无疑是一片永远也走不出去的恐怖森林；糜鹿的角勾住了背带裤的背带，不管它怎么折腾，也穿不上那条淡绿色的裤子……

　　又何止是遭殃呢？

　　还有好笑，不，是让人看了哭笑不得。

　　豪猪的刺把好好的一件花衣裳扎得千疮百孔，山羊干脆扭头吃起裤子来了，而其中最最让人哭笑不得的，就是那只被强迫穿上了一条碎花绿裤子的鸡了！要是一只公鸡也就算了，要命的是它是一只母鸡，更要命的，它还是一只正在下蛋的母鸡，于是，让母鸡妈妈丢脸的事情就发生了：一个鸡蛋就那么卡在它的屁股后面，回不去，下不来，要多难受有多难受。哎，怎么忘了给它的裤子开个洞呢？

　　所以，让动物们穿衣服，绝对是一个馊主意！

　　我相信，就是一个不识字的孩子，看了这本图画书也会哈哈大笑，不过笑完了，他们也一定会知道如果动物穿上衣服该有多傻了。因为对于自然界的动物来说，最好的衣服，就是不穿衣服，那是造物主的恩赐。

　　这本图画书的作者是一对夫妇，也是一对讲笑话的高手。

　　他们夫妇俩都坚信，动物绝对不应该穿衣服，除非在零度以下的严寒的日子，一只狗可以穿上防寒外套。

　　你看他们一唱一和，先是作者不动声色地写出了这么一个逗人发噱的脚本，然后画家再用写实的手法，用黑色的针笔一笔一笔画出栩栩如生的动物。这一点很重要，正因为没有把老鼠、糜鹿什么的，像卡通一样拟人化，当它们穿上人的衣服时，才会有一种不伦不类的感觉，才会让人觉得荒谬与可笑。

　　还有，作者把握住了幽默的节奏，虽然从开始的一页直到最后一页，画面都在重复着同一个主题——《动物绝对不应该穿衣服》，但越来越夸张。孩子们喜欢这种重复，喜欢这种渐次夸张，从他们那由小渐大的笑声中，我们知道正是因为这种视觉创意，才将图画书的这种幽默性发挥到了极致，才使它风靡美国三十多年。

　　许多年以后，看过这本图画书的孩子早已长大成人。那时，他们也许会明白作者的用心良苦了。作者透过这样一个看似好笑的故事，其实是想告诉我们这样一个道理——千万不要违背了大自然的规律，否则将是一场灾难！

　　这样说起来，一本好的图画书不仅仅是让人笑过就算了呢！